國際護照

姓名: 崔崔 ~~~~ 豬豬
年齡: ~~4~~ 不關你的事
血統: 臘腸犬 ~~~~ 巴戈犬
護照號碼: PA042176

簽名: 佳佩 豬豬

給多倫多機場那位好心的女士。

文、圖／艾倫‧布雷比　　譯／黃筱茵

主編／胡琇雅　　行銷企劃／倪瑞廷　　美術編輯／蘇怡方

董事長／趙政岷　　第五編輯部總監／梁芳春

出版者／時報文化出版企業股份有限公司

108019台北市和平西路三段240號七樓

發行專線／（02）2306-6842

讀者服務專線／0800-231-705 、（02）2304-7103

讀者服務傳真／（02）2304-6858

郵撥／1934-4724時報文化出版公司

信箱／10899臺北華江橋郵局第99信箱

統一編號／01405937

時報悅讀網／www.readingtimes.com.tw

電子郵件信箱／ctliving@readingtimes.com.tw

法律顧問／理律法律事務所 陳長文律師、李念祖律師

Printed in Taiwan

初版一刷／2021年06月11日

初版二刷／2022年07月5日

Pig the Tourist

Text and illustrations copyright © Aaron Blabey, 2019

First published by Scholastic Press, an imprint of Scholastic Australia Pty Limited, 2019

This edition arranged with Scholastic Australia Pty Limited through Andrew Nurnberg Associates International Limited

Aaron Blabey asserts his moral rights as the author and illustrator of this work.

豬豬去旅行

文/圖

艾倫·布雷比 Aaron Blabey

譯

黃筱茵

巴ㄅㄚ戈ㄍㄜ狗ㄍㄡ豬ㄓㄨ豬ㄓㄨ，
我ㄨㄛ不ㄅㄨ得ㄉㄜ不ㄅㄨ說ㄕㄨㄛ，
他ㄊㄚ只ㄓ要ㄠ去ㄑㄩ度ㄉㄨ假ㄐㄧㄚ，
就ㄐㄧㄡ會ㄏㄨㄟ讓ㄖㄤ你ㄋㄧ
一ㄧ個ㄍㄜ頭ㄊㄡ兩ㄌㄧㄤ個ㄍㄜ大ㄉㄚ。

機場出口
行李提領

為ㄨㄟˋ了ㄌㄜ˙確ㄑㄩㄝˋ保ㄅㄠˇ
旅ㄌㄩˇ途ㄊㄨˊ愉ㄩˊ快ㄎㄨㄞˋ，
你ㄋㄧˇ可ㄎㄜˇ能ㄋㄥˊ會ㄏㄨㄟˋ仔ㄗˇ細ㄒㄧˋ計ㄐㄧˋ畫ㄏㄨㄚˋ，
可ㄎㄜˇ是ㄕˋ豬ㄓㄨ豬ㄓㄨ會ㄏㄨㄟˋ破ㄆㄛˋ壞ㄏㄨㄞˋ
所ㄙㄨㄛˇ有ㄧㄡˇ一ㄧ切ㄑㄧㄝ。
他ㄊㄚ會ㄏㄨㄟˋ讓ㄖㄤˋ你ㄋㄧˇ的ㄉㄜ˙計ㄐㄧˋ畫ㄏㄨㄚˋ……

……全部通通融化。

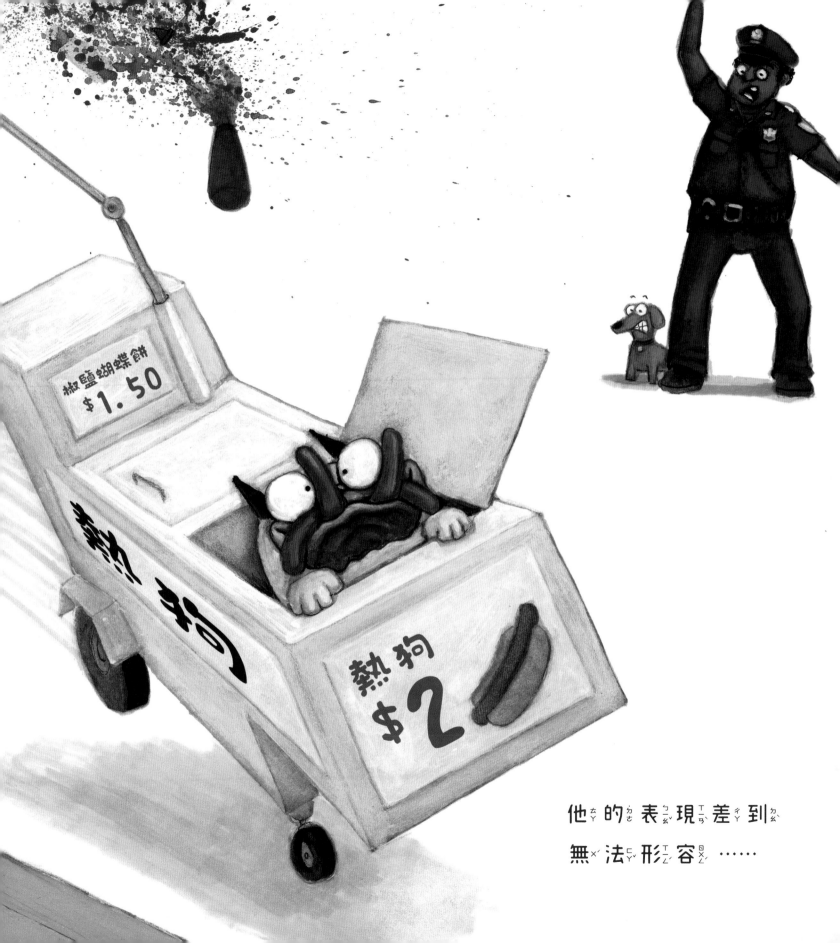

他的表現差到無法形容……

他_{ㄊㄚ}會_{ㄏㄨㄟ}讓_{ㄖㄤ}你_{ㄋㄧ}的_{ㄉㄜ}旅_{ㄌㄩ}行_{ㄒㄧㄥ}

被_{ㄅㄟ}潑_{ㄆㄛ}冷_{ㄌㄥ}水_{ㄕㄨㄟ}……

讓_{ㄖㄤ}氣_{ㄑㄧ}氛_{ㄈㄣ}當_{ㄉㄤ}場_{ㄔㄤ}變_{ㄅㄧㄢ}得_{ㄉㄜ}冷_{ㄌㄥ}冰_{ㄅㄧㄥ}冰_{ㄅㄧㄥ}。

他會打破所有規則、
藐視一切傳統。
畢竟啊，豬豬最大的抱負
就是讓大家不得安寧。

就算當地
正在慶祝、狂歡，
他還是有辦法讓活動
澈底泡湯。

嘉年華會！

如果他能破壞某些古老的禁忌，
就算會變成頭條新聞，
他連眉頭都不會皺一下。

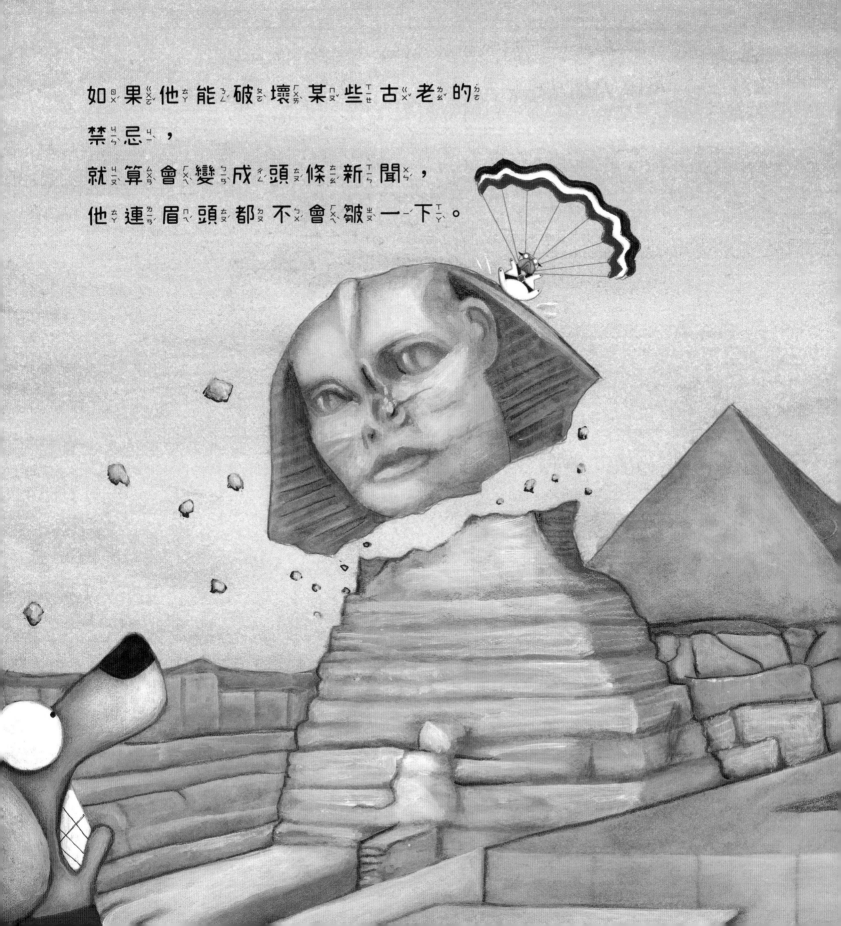

派對、遊行，
還有各種慶典
都因為豬豬混亂
無禮的行徑
而毀於一旦。

他那輕佻的古怪舉動
會破壞你旅行的樂趣，
直到當地居民全部聚在一起大喊……

我是
無尾熊

可是那樣還是阻擋不了他……

他ㄊㄚ會ㄏㄨㄟˋ又ㄧㄡˋ搖ㄧㄠˊ……

蒙娜麗莎遭受攻擊!

巴黎羅浮宮報導

李奧納多・達文西的曠世巨作明重的狗過的破壞。當局今天早晨遭到一隻狗刺刺的破壞。當局目張膽、大剌剌的個別行為,可是相信這是他的個別行為,可是還是拘留了一隻小臘腸犬進行訊問。

羅浮宮的警衛長棍麵包先生做了以下的聲明——
「我不喜歡這隻狗。」

又滾……

比薩斜塔被摧毀

比薩連線

警方表示
在比薩斜
目擊證人
這隻巴戈
他的律師
「提出
當地居
警方表示
在比薩斜
目擊證人
這隻巴戈
他的律師

比薩斜塔從前比較幸福的時候

直到他開心得
不得了的胡鬧……

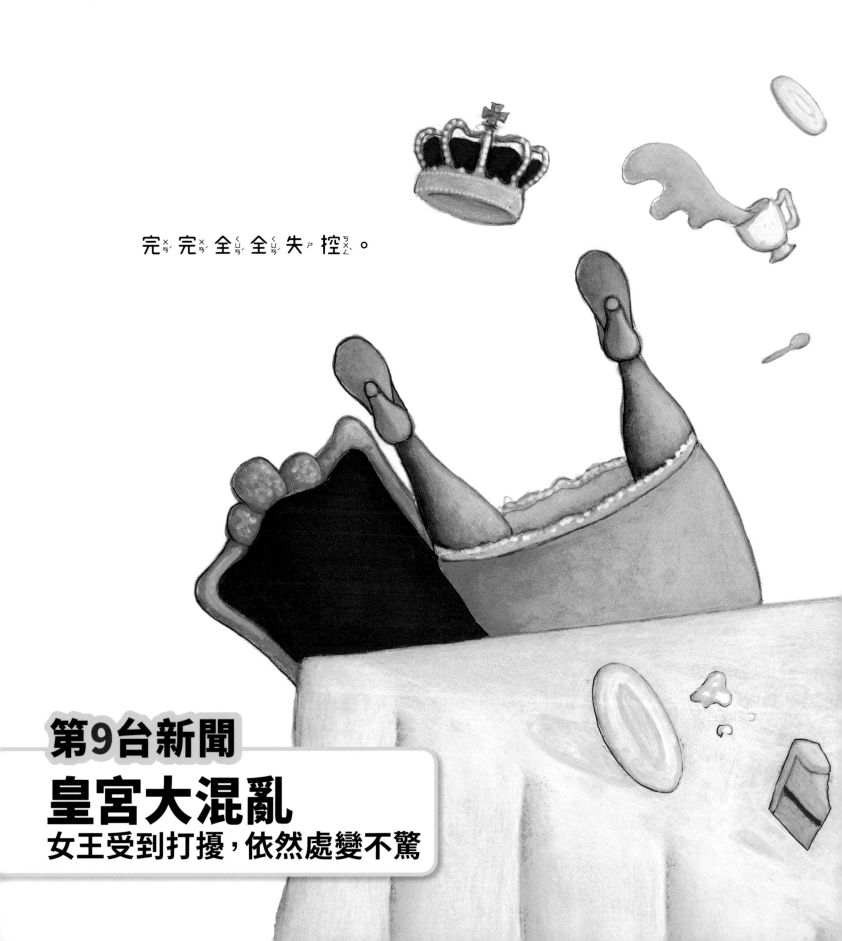

完完全全失控。

第9台新聞
皇宮大混亂
女王受到打擾，依然處變不驚

他永遠肆無忌憚、
總是想要搗蛋。
不過每一場狂野派對
總歸必須畫上句點⋯⋯

禁止釣魚！
禁止游泳！
小心食人魚！

是ˋ的ˋ，如ˋ果ˋ你ˇ對ˋ當ˋ地ˋ族ˋ群ˋ
沒ˊ有ˇ半ˋ點ˇ敬ˋ意ˋ，
他ˊ們ˊ總ˇ有ˇ一ˋ天ˋ會ˋ掉ˋ頭ˊ來ˊ咬ˇ你ˇ……

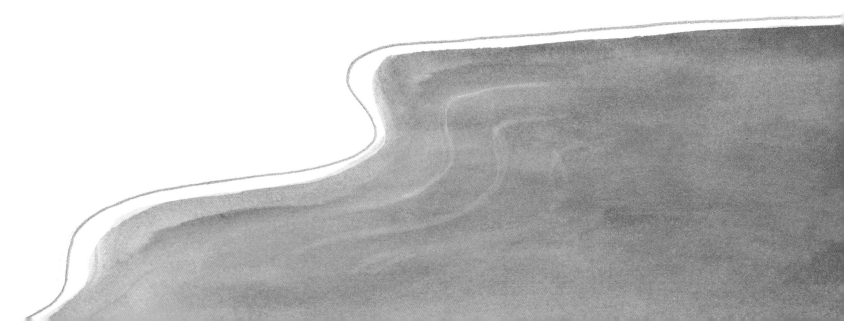

而且我的老天，
他們會狠狠大咬一口。

現在日子變得不同，
我很開心的說。
他已經開始學習
不要毀掉整段假期。

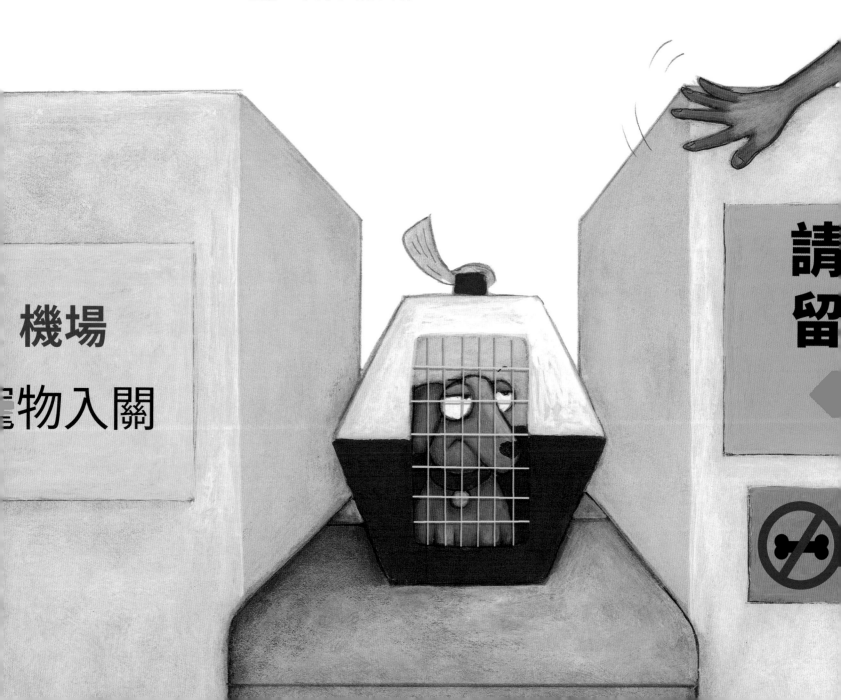

比
您的
寵物

可ㄎㄜˇ是ㄕˋ我ㄨㄛˇ們ㄇㄣ˙得ㄉㄟˇ老ㄌㄠˇ實ㄕˊ的ㄉㄜ˙說ㄕㄨㄛ
雖ㄙㄨㄟ然ㄖㄢˊ他ㄊㄚ會ㄏㄨㄟˋ試ㄕˋ著ㄓㄜ˙努ㄋㄨˇ力ㄌㄧˋ……

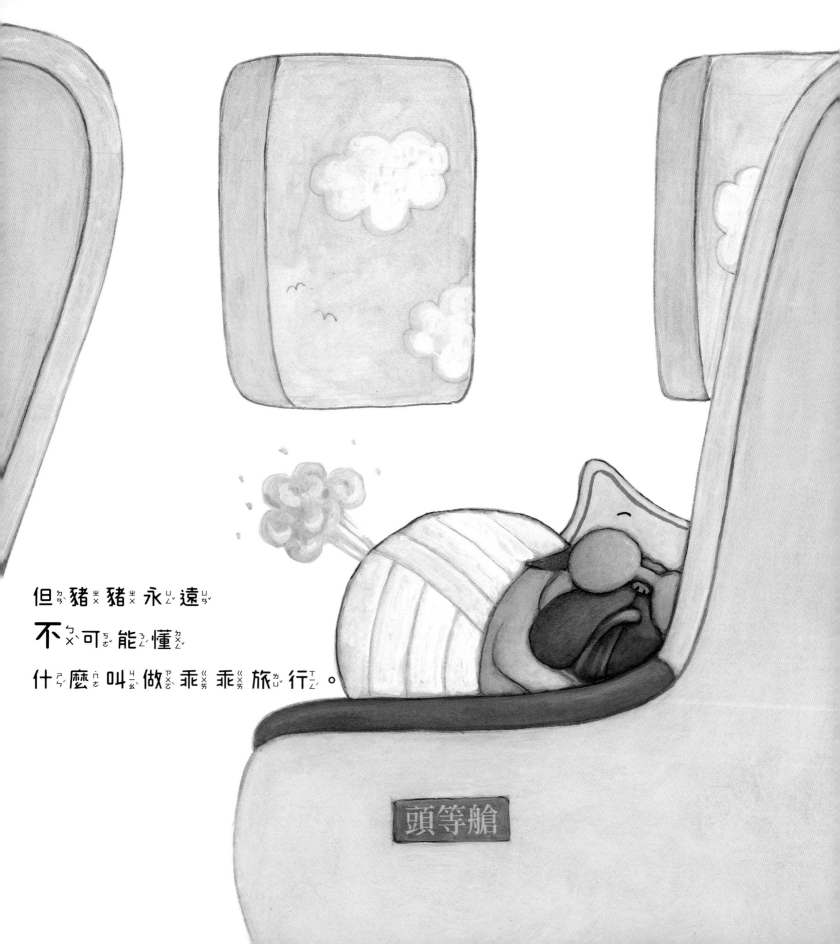

但ㄉㄢˋ豬ㄓㄨ豬ㄓㄨ永ㄩㄥˇ遠ㄩㄢˇ
不ㄅㄨˋ可ㄎㄜˇ能ㄋㄥˊ懂ㄉㄨㄥˇ
什ㄕㄣˊ麼ㄇㄜ叫ㄐㄧㄠˋ做ㄗㄨㄛˋ乖ㄍㄨㄞ乖ㄍㄨㄞ旅ㄌㄩˇ行ㄒㄧㄥˊ。

頭等艙